돌아온 우리의 친구 — 포장마차 3

도서출판 아시아에서는 《바이링궐 에디션 한국 현대 소설》을 기획하여 한국의 우수한 문학을 주제별로 엄선해 국내외 독자들에게 소개합니다. 이 기획은 국내외 우수한 번역가들이 참여하여 원작의 품격을 최대한 살렸습니다. 문학을 통해 아시아의 정체성과 가치를 살피는 데 주력해 온 도서출판 아시아는 한국인의 삶을 넓고 깊게 이해하는 데 이 기획이 기여하기를 기대합니다.

Asia Publishers present some of the very best modern Korean literature to readers worldwide through its new Korean literature series 〈Bi-lingual Edition Modern Korean Literature〉. We are proud and happy to offer it in the most authoritative translation by renowned translators of Korean literature. We hope that this series helps to build solid bridges between citizens of the world and Koreans through rich in-depth understanding of Korea.

바이링궐 에디션 한국 현대 소설 009
Bi-lingual Edition Modern Korean Literature 009

Our Friend's Homecoming
—Roadside Drinking Stall Part III

신상웅

돌아온 우리의 친구—포장마차 3

Shin Sang-ung

ASIA
PUBLISHERS

Contents

돌아온 우리의 친구
—포장마차 3

Our Friend's Homecoming
—Roadside Drinking Stall Part III

우리는 토의 끝에 그를 대대적으로 환영하자는 데 의견을 모았다. 일 년 일 개월 만에 김포공항착 귀국하는 그를 맞기 위해 우리는 밤 여덟시에 공항 입국자 출구 앞까지 찾아가기로 결의했다. 우리가 그러기 위해서는 적어도 몇 사람은 아예 그날 하루 일터를 쉬거나 배탈 핑계를 대고 조퇴하지 않으면 안 되었으므로 그를 위한 우리의 환영 계획은 대대적인 것이라 하지 않을 수 없었다.

마침내 합의에 이르고 나자 우리 가운데 하나가 중얼거렸다.

"녀석은 행복하겠다."

다른 하나가 받아 말했다.

After conferring among ourselves, we decided that he deserved nothing short of a hero's welcome. He was coming home for the first time in thirteen months. We agreed to meet him at 8 p.m. in the arrival hall of the airport. To do so, some of us would have to take a day off or leave work early on the pretext of a stomachache or some such excuse. We thought it was a splendid plan.

After we had agreed on the plan, one of us muttered, "He must be happy."

"He would be pleased to see us there, standing in line, won't he?" said another.

"He sure would. Isn't he lucky, taking such a long

"도열해 서 있는 우리를 보면 기분 좋겠지?"

"맞았어, 녀석은 행복해. 국제선 비행기를 타고 기나긴 여행도 해 보고."

하고 또 다른 하나가 그 말을 받았다.

"그런 비행기에선 영화도 틀어 준다며?"

"그럼 영화 보고 싶음 입장권 따로 사가지고 영화관 들어가야 되나?"

"누가 알어."

"왕복 비행기 삯이 백만 원이나 된다면서?"

그는 우리한테 보낸 편지에 썼었다. 왕복 비행기 삯만 우리 돈으로 백만 원씩이나 된다고. 그런데 일 년 계약이 끝나서 다시 일 년을 더 연장하겠다고 하면 한 달 휴가를 주고 그 백만 원씩이나 하는 왕복 비행기 표를 끊어 주어 본국에 다녀오게 한다고.

야, 그건 얼마나 신나는 일인가 하고 우리는 모두 편지를 읽으며 부러워했다. 본국에 돌아와 한 달 동안 만판으로 놀고, 친구들을 불러 놓고 밤새도록 터번을 쓰고 돌아다니는 사람들의 우스꽝스런 모습에 대해서도 얘기해 주고, 내가 남은 일 년 더 가 있는 동안에 우리도 집을 삽시다 하고 어머니한테 마음 놓고 이야기해도 되고. 아니면, 거 증권인가 뭔가 하는 것에 투자하는 방법에 대해 의논

international flight?" contributed yet another.

"I heard they show a movie on the plane."

"Do you have to buy a separate ticket and go to the movie house if you want to watch a movie on the plane?"

"Who knows?"

"Is it true that the plane ticket costs as much as one million won?"

In the letter he had sent us, he said that a roundtrip ticket costs some one million won, and that he'd be getting it for free, in addition to a one-month leave, if he decided to renew his one-year contract by another year.

We all envied him while reading his letter. What luck! He can come home and not work for a month. He can tell his friends about those ludicrous-looking men with turbans on their heads. He can proudly tell his mother of his plans to buy her a house by working for another year overseas. He can even find out about investing in the stock market...

But just below he wrote that he had decided to pass up the chance to go home, because if he opted to stay on at work for the month, he would be given the cost of the plane ticket in cash, and a bonus on top of that. So...

해 봐도 괜찮고…….

그런데 그는 다음 사연에서 이렇게 쓰고 있었다.

나는 본국 다녀오는 것을 포기했어. 왜냐고? 포기하고 그 한 달 동안 그대로 일을 해 주면 왕복 비행기표 값을 현금으로 돌려주거든. 그뿐이야, 보너스로 또 얼마를 더 얹어 준다지 않겠어. 그러므로…….

그러므로 본국을 다녀올 수 있는 특별 휴가를 포기할 수밖에 없었다고 그는 말하고 있었다. 그는 물론 포기하고 나서 받은 그 거액의 돈을 고스란히 그의 어머니 앞으로 부쳤겠지. 아마도 그가 태어나서 만져 본 가장 거액의 돈이었을 그것을 본국에 있는 그의 어머니 계좌에 넣어 주도록 의뢰하며 그는 가슴 뿌듯한 행복감에 젖었을까.

우리는 그가 언젠가 술을 마시고 우리 앞에서 울어 버린 것을 기억하지 않을 수 없었다. 술에 취해서 개판을 쳤다는 얘기가 아니다. 술기운이 그를 서러움에 젖도록 만들어 버렸을 것이었다.

그는 그때 연초제조창의 엽연초더미 속에서 사는 일자리를 쫓겨나 어느 공업단지 조성 공사장의 막노동자로 들어간 지 석 달짼가 되고 있었는데, 하루 저녁 느닷없이 돌

So, he had no choice but to give up the planned vacation. He probably wired all of the money he received in exchange to his mother. He must have been the proudest, happiest son as he sent his mother more money than he had ever earned before in his life.

We remembered the day he had broken down in front of us, drunk. He didn't make a scene or anything, but drinking might have unleashed his emotions.

At that time he had been working as a day laborer for about three months at a construction site for an industrial complex after being sacked from his old job in a tobacco company. We were shocked to see him when he showed up one evening.

His eyes were black and blue, his earflaps torn. In addition, his mouth was tangle of blood clots when he parted his lips for us to see it. When we took off his clothes we saw that he was covered with bruises, and we were worried that he might have broken his ribs.

"Have you gotten an X-ray?"

He shook his head.

"You'd better hurry and have it done, or you might end up a cripple."

아와 우리 앞에 그 모습을 나타냈던 것이다. 우리는 그를 보는 순간 놀라지 않을 수 없었다.

그의 눈두덩은 시커멓게 멍이 들어 있었고 귓바퀴는 찢어져 있었다. 뿐만이 아니었다. 그가 입술을 들쳐 보이는데 보자 입안이 온통 다 터져 시커먼 핏덩이가 엉겨 있었다. 옷을 벗기자 온몸에 성한 데가 없었다. 갈비뼈가 부러졌는지 모를 일이었으므로 우리는 그 점부터 우려하지 않을 수 없었다.

"너, 엑스레이 찍어 봤니?"

그는 고개를 가로저었다.

"빨리 찍어 봐야지, 시간 놓치면 병신 돼."

하고 우리는 쥐뿔이나 아는 체 다투어 겁주는 말을 했다. 그러나 그는 들은 척도 하지 않았다.

"가슴팍이 그 정도로 멍들었으면 뼈가 성할 리 없단 말야."

"일없어."

"고집부릴 일이 아니야."

"일없다니까."

"도대체 어떻게 된 거니?"

하고 우리는 그제야 그가 어쩌다가 온몸이 상처투성이가 되었는지에 대해 의문을 나타냈지만 그는 대답해 주지

We delivered this prognosis in grave tones, as if we knew anything about it, but he didn't seem to care in the least.

"Do you think your ribs could be fine, if your chest is all bruised up like that?"

"Never mind."

"Don't be stubborn."

"I said never mind!"

"Tell us what happened."

We wanted to hear how he had gotten himself so badly beaten up, but he ignored our pleas, only saying, "Let's have some drinks."

We knew perfectly well he should never take alcohol if his ribs were really broken, but we just went ahead to go drinking. We thought that he might come clean if he gets drunk, and also that he might treat us, his penniless friends, since he had just come from his job.

But contrary to our expectations, he showed no sign of giving anything away even after five shots of *soju*. We couldn't wait much longer, but the owner of the roadside drinking stall was even more impatient.

"What happened, son?"

He stayed mum, and we felt obliged to lie on his

않았다. 그는 우리의 질문에는 대답하지 않고 다만 이렇게 말했다.

"술 좀 마시자."

우리는 만약에 그의 갈비뼈가 나간 게 틀림없다면 절대로 술을 먹여서는 안 된다는 것을 알고 있었지만 그런 말은 하지 않고 술을 마시러 갔다. 술을 먹여 놓으면 무슨 일이 있었는지 털어놓으리라는 기대를 걸고. 우린 주머니가 비었지만 공사장에서 돌아왔으니 술값은 아마 그가 낼 테지 하는 기대를 가지고.

그러나 우리의 기대와는 달리 그는 소주를 다섯 잔이나 마시고도 입을 열 기미조차 보이지 않았다. 우리는 궁금하여 더 이상 기다릴 수 없었다. 그런데 우리보다 더 참지 못하는 사람이 있었다. 바로 포장마차 주인이었다.

"어쩌다 그러셨수, 젊은이?"

그럼에도 그가 여전히 침묵으로 일관하고 있었으므로 우리는 포장마차 주인이 무안을 느끼기 전에 그를 대신해서 거짓말이라도 해 주지 않을 수 없었다.

"한탕 뛰었대요."

아니, 거기까지 거짓말일 리는 없었다. 그가 누구와 다투었음은 의심의 여지도 없지 않은가. 우리의 능란한 거짓말은 정작 그다음 부분이었다.

behalf so that the owner won't feel awkward.

"He got into a nasty brawl."

That probably wasn't much of a lie—it was obvious, looking at him, that he had been in some kind of fight, but what we said next was definitely a lie, if a clever one.

"He couldn't stand the filth and meanness around him."

The owner didn't say anything. He neither said that there were times that you have to beat the living daylights out of the filthy and the mean, nor that there was too much filth and meanness around that it was impossible to beat all of them so, there was no point getting all worked up about it. In fact, he didn't so much as click his tongue.

We couldn't contain our disappointment. Glaring at him, one of us said, "An old man like you wouldn't normally have the courage to do what he did. You're in it like the rest of them, that's why this world is filled with such filth."

We looked at him expectantly to see if he would take the bait, but even our insult didn't seem to work. Not a peep came from him, only a faint smile as though in agreement with what we said, as he busied himself grilling eels.

"눈꼴이 셔서요. 재수 없어서요."

그러나 이번엔 포장마차 주인이 아무 반응을 보이지 않았다. 눈꼴사납고 재수 없는 것에 대해선 그럴 수만 있다면 가끔씩 혼구멍을 내 줘야 한다고 말하지 않았다. 세상에 눈꼴신 게 한두 가지냐는 말도 하지 않았다. 그걸 어떻게 다 혼구멍을 내 줄 수 있느냐, 앞으론 그딴 것들에 울화통을 터뜨리지 마라, 그러면 그러는 사람만 고단하다, 하는 말도 하지 않았다. 아니 혀조차도 차지 않았다.

우리는 서운한 마음을 금할 길이 없었다. 그래서 그를 힐끔 돌아본 다음 한마디 더 덧붙일 수밖에 없었다.

"아저씨같이 나이 든 분이야 못 그러죠. 엄두도 못 내죠. 야합이나 하고 협잡이나 하죠. 그래서 세상엔 날이 갈수록 눈꼴신 것들 행패만 늘어나요."

이쯤 해 놓으면 무슨 반응이 있겠거니 하고 우리는 숨을 죽인 채 그를 건너다보았다. 그러나 우리의 그따위 악담은 아무런 효험도 없었다. 주인은 아무 말도 하지 않았을 뿐 아니라 어떻게 보면 우리 말이 맞다는 듯 웃음이 번진 듯한 얼굴을 하고 꼼장어 구워 내는 일에만 열중하고 있었다.

그런데 우리가 주인의 반응을 듣기는 다 틀렸다고 생각하는 순간에 정작 엉뚱한 데서 반응이 나타났다.

But when we were about to give up waiting for a reply from him, an answer came from somewhere totally unexpected.

"You must be a bunch of scumbags, spouting such crap."

It didn't escape us that this was no mere answer but a challenge to a fight. The tension in the air was enough to make our eyelashes tremble. We looked in the direction where the voice had come from to see what we were up against, but there were only a couple of men in their 40s waiting for their grilled eels.

To provoke their aggressive streak further, we decided to feign cowardice. We just stood there timidly, not responding or drinking.

Our plan worked. The other guy, watching us closely, added, "How could these rascals prowl the streets not knowing how much the world has changed?"

We still stood motionless, a bunch of cowards, saying nothing. It dawned on us that it wasn't really the owner of the place that we wanted to provoke, but precisely those two men. We probably thought that taunting these people, who came to such cheap eatery just for the heck of it and not because they

"가만히 듣자 하니 아주 질이 나쁜 놈들이군."

이건 단순한 반응이 아니라 아예 시비를 걸어오는 거군 하는 생각이 펀뜩 들어 우리는 눈꼬리가 떨리는 긴장을 느끼지 않을 수 없었다. 전력의 대비를 알기 위해 우리는 재빨리 시비가 걸려 온 쪽을 돌아봤다. 그러나 우리와 나란히 서서 꼼장어가 굽혀 나오기를 기다리는 패거리는 고작해야 마흔줄의 남자 둘이었다.

그들이 더 자신만만하게 나오도록 유도하기 위해선 우리가 기죽은 것처럼 보일 필요가 있었으므로 우리는 아무 반응도 나타내는 일이 없이 주눅이 든 얼굴을 하고 서 있었다. 물론 술을 마시지도 않았다.

우리의 작전은 적중했다. 사태의 정황을 세밀히 관찰하고 있던 남은 한 사나이가 마침내 앞의 말에 꼬리를 달고 나섰다.

"지금 세상이 어떤 세상인데 길거리에서 껍적대는 불량배들이 다 있어."

우리는 여전히 잔뜩 겁먹은 모습을 하고 말없이 서 있었다. 그제야 우리는 우리가 겨냥한 상대가 처음부터 주인이 아니라 그들이었음을 알아차렸다. 무슨 얘기냐 하면 우리는 그때 돈이 없어서가 아니라, 재미로 그런 참새구이집을 찾아오는 그들 같은 사람들을 골려 주는 것으로써

can't afford anything better, would comfort our puffy-eyed friend. His left eye was so swollen that it was squeezed shut, like that of a boxer carried out of the ring after a sound drubbing. We all began to chuckle, almost in unison. Suddenly, he pushed us aside and barged towards the two men.

It was a blunder that we didn't stop him that night. In fact, we shouldn't have been stupid enough to pick the wrong target right from the start. But who would have thought that those two men, dressed in suits, had the power to arrest us on the spot?

He charged at them, shouting, "We don't collude, cheat, or deceive like you. Why don't you mind your own business, unless you're guilty of those things!"

The two men immediately barked, "Freeze! Everybody, show your IDs! If anyone tries to run away, you're dead."

We did as told and were dragged to the nearby police station.

He refused to say anything to the investigators when he was grilled about his injuries. But in the wee hours of the morning, in the police detention center, he confided to us what had happened.

어쩌면 눈두덩이 팅팅 부은 그를 위로할 수 있을지도 모른다는 생각을 하고 있었던 것이다. 정말이지 그의 왼쪽 눈은 너무 부어올라 조금도 눈이 뜨이지 않을 정도로 완강하게 감겨 있었다. 직신하게 두들겨 맞고 링을 내려온 권투선수같이.

누가 먼저랄 것도 없이 우리는 잠시 후 드디어 쿡쿡하고 잇달아 웃기 시작했다. 그리고 뜻밖에도 그가 먼저 우리의 어깨를 밀고 두 남자 곁으로 달려들었다.

그러나 그날 밤 우리가 그를 제지하지 않은 것은 여간 큰 실수가 아니었다. 아니, 우리는 처음부터 상대를 잘못 보는 실수를 범한 것이었다. 신사복을 번듯하게 차려 입은 그들이 우리를 현장에서 체포할 수 있는 권리를 가진 사람들인 줄을 우린 몰랐던 것이다.

"우린 당신네들처럼 야합하고 협잡하고 배신하지 않는단 말야. 당신네들이 그런 짓 안 했다면 우리 얘기에 왜 끼어들어?"

하고 달려드는 그에게 두 남자는 지체 없이 벽력같은 소리를 내질렀다.

"꼼짝 마! 모조리 주민등록증 내놔!"

"한 놈이라도 도망쳤다간 죽는 줄 알어!

우리는 그들의 명령에 순순히 따랐다. 그리고 가까운

He stopped receiving his daily wages a mere 15 days after he began working at a construction site for the Yulpo Industrial Complex. Five major civil engineering companies in charge of the project outsourced the work to many small construction companies. His employer stressed that he would not be able to pay their wages daily as agreed, unless the money came from contractors. Since his fellow laborers seemed to accept the situation, he also did the same. But soon enough, their pay started getting delayed further and further. The arrears extended to two months, and the employer kept saying "tomorrow." Some of the workers had not been paid for five months. The employer failed to make good on his "final promise" to give their overdue payments as many as three times. Finally, the workers gathered together one night after work and discussed the matter. They decided to give the guy an ultimatum.

Three days before they were set to mobilize, his younger brother came to see him at the construction site out of the blue. He was in middle school and he burst into tears when he saw him. In shock, our friend asked, "What happened?"

It turned out that their mother had been diagnosed

경찰서로 끌려가 인계되었다.

그는 특히 온몸이 상처투성이 된 연유에 대해 거듭 추궁당했다. 그럼에도 끝까지 입을 열지 않던 그가 새벽의 경찰서 유치장에서 우리한테 그 연유를 털어놓았다.

율포 공업단지 조성 공사장에 내려간 이후, 일당으로 지급되는 임금을 그는 보름께부터 받지 못한 채 일하고 있었다고 했다. 큰 토건 회사 다섯이 시공을 맡아 그것을 다시 수많은 군소 토건업자한테 하청을 나누어 주어 진행되고 있던 그 공사는, 원래의 시공업자로부터 공사비가 내려오지 않으면 일당을 제때에 지급할 길이 없다고, 그를 막노동자로 고용한 업주는 늘상 강조했다. 그보다 먼저 온 인부들이 업주의 그런 주장을 납득하고 있었으므로 그도 그런가 보다 하지 않을 수 없었다. 그러자 이윽고 임금 지불이 안 되기 시작했다. 내일은 내일은 한 것이 두 달이나 계속되었다. 많이 밀린 경우는 다섯 달치나 못 받아 낸 사람도 있었다. 마지막 연기라고 말한 업주로부터의 약속도 세 번이나 지켜지지 않았다. 마침내 인부들은 작업이 끝난 밤에 모여 모의하기 시작했다. 업주 쪽에 최후의 날짜를 통첩하기로 결정했다.

그 최후의 날을 사흘 앞두고 뜻밖에 그의 동생이 공사장으로 그를 찾아왔다. 그땐 아직 중학생이던 그의 동생

with peritonitis, a complication of a burst appendix. She had been left in the emergency ward since that morning, because she had to pay the check-in fee upfront in order to get the necessary operation. He immediately grabbed a pickax and rushed to the construction office, determined to use it if they refused to listen to his demands.

"What are you talking about? The ultimatum with which you guys threatened us is still two days away."

His grip on the pickax tightened, but he restrained himself.

"Peritonitis can be treated with a simple operation, but it can be deadly if the procedure is delayed," his boss said, hands crossed behind him as he ambled to the back of the tent office and gazed through the opening.

He wondered how long he could hold himself back.

"Fine, I'll advance you the money for her check-in."

"What? I'm just collecting what you owe me!"

"If you say so, I'm afraid I can't help you. The other workers would raise a howl if they find out. Why would I want to get myself in such trouble?"

은 그와 마주치자 눈물부터 보였다. 그는 놀라지 않을 수 없었다.

"무슨 일이냐?"

어머니가 복막염이라고 동생이 말했다. 진찰 결과 맹장이 터져 복막염으로 발전했다는 것인데 수술 전에 입원 수속부터 밟으라고 하여 아침부터 응급실에 누워 있다는 것. 그는 지체 없이 곁에 있는 곡괭이를 울러메고 현장 사무실로 뛰어갔다. 수틀리면 찍어 버릴 생각으로.

"우리한테 협박조로 통고한 날이 아직 이틀이나 남았는데 무슨 소리야."

그는 당장 곡괭이로 잡은 손이 부르르 떨리는 것을 아직은 참았다.

"복막염은 수술만 하면 낫지만 시간을 놓치면 위험하지."

소장은 뒷짐을 지고 천막 자락 끝으로 어슬렁어슬렁 걸어가서 바깥을 내다보고 있었다. 그는 언제까지 참아야 하느냐고 자문했다.

"좋아, 사정이 그렇다니까 입원비만큼 미리 주지."

"주는 게 아니라 내가 받을 돈이에요."

"어렵쇼, 그렇게 나오면 못 주겠는데. 다른 사람들 알면 난리 날 거거든. 내가 왜 스스로 말썽을 만들겠어."

"You mean you can't give me the money?"

"What I'm saying is, I'll help you if you'll only be reasonable, and if you'll do me a favor."

"What favor?"

"It's nothing really. Just take your fellow workers out for drinks tonight, on my account of course. Take them to Ilmi Restaurant and treat them on credit. No strings attached. I just want them to relax because their nerves are jangled nowadays."

"I can't do that. I have to be in the hospital right away."

"If you act like that, I can't give you the money. I told you, peritonitis is nothing."

"No, I can't do it."

"You probably think there's a catch, but there's nothing to worry about. The truth is that there's something wrong with the bulldozer so the work couldn't be done efficiently. It needs repair but I couldn't get it out of here because it might cause some groundless misgivings among the workers."

"I can't do it."

"Think about it. Your mother's life will be jeopardized if she's not operated on promptly. It's a simple request. Give it a good thought."

It was true that the bulldozer wasn't working

"못 줘요?"

"그러니까 얌전히 굴면 줄 수도 있다 그 말씀이지. 대신 내 부탁도 한 가지 들어주는 조건으로."

"무슨 부탁?"

"별거 아냐. 오늘밤 노무자들 데리고 나가 술을 한턱 내. 술값은 물론 내가 내지. 일미집으로 데리고 가서 외상을 그어 놔. 딴 뜻은 없고 요즘 모두들 너무 신경들이 날카로워져 있는 것 같아서 좀 누그러뜨리자는 것뿐이야."

"못 하겠시다. 나는 지금 당장 병원에 갈 거요."

"허허, 그러면 입원비 못 내준다니까. 내 말하지 않았어. 복막염이란 별거 아니라고."

"어쨌든 못 하겠소."

"내 말을 의심하는 모양인데 별다른 뜻이 없다니까. 내 솔직히 말하지. 실은 도자 성능이 떨어져 요즘 작업 능률이 영 안 오른단 말씀야. 저걸 수리 공장에 넣어 손을 봐야겠는데 노무자들이 의심할까 봐 실어 내갈 수가 있어야지."

"난 못 한다니까."

"잘 생각해 봐. 시간 놓치면 어머닌 위험하다구. 별거 아닌 부탁인데 잘 생각해 보라구."

불도저의 성능이 못해진 것은 사실이었다. 그는 잘 생

properly those days. He thought hard about the request and said, "Okay, then give me all my overdue wages."

"If I have that money I would've given it to you already since your mother is in critical condition. Let me see. I'll put together every cent I have. It'll probably come to 60,000 *wŏn*..."

Finally, he ran out of the office with 100,000 *wŏn* in hand. The employer told him several times not to show the money to anyone. Dragging his brother away from the construction site, he told him, "Rush to mother. I'll join you later."

"When?"

"Soon. They say peritonitis is nothing to worry about. The operation will cure it easily."

"Who said so?"

"I asked around. Make sure she gets the operation."

His brother got on the bus as soon as they reached the terminal. He couldn't help but feel a pang of guilt. He approached the bus window and asked, "What about your school tuition fees?"

"I couldn't pay them."

"What's gonna happen then?"

"They told me to quit... I'm going to."

각해 봤다. 그러곤 말했다.

“좋시다. 대신 내 밀린 돈을 다 주슈.”

“간조 다 해 줄 돈이 있다면야 벌써 아까 줬지 왜 여러 말 하고 있겠어, 위급한 환자 눕혀 놓고. 있는 대로 다 긁어모아 보지. 한 육만 원쯤 될 것 같기도 하고…….”

그는 결국 십만 원을 받아들고 현장 사무실을 뛰어나왔다. 누구 보는 앞에서 돈 구경 시키는 실수를 범하지 않도록 소장이 몇 번씩 주의를 주었다. 그는 동생을 데리고 급히 공사장을 빠져나가며 말했다.

“너 먼저 올라가면 곧 뒤따라갈게.”

“언제?”

“곧. 복막염 정도는 걱정할 것 없다는데, 수술만 하면 금방 낫는다는데.”

“누가 그래?”

“알아봤어. 그렇지만 당장 수술하도록 해야 한다.”

시외버스 정류장으로 나온 동생은 머뭇거림 없이 곧 버스에 올라 주었다. 그는 꼭 뭔가 죄를 짓는 것 같은 느낌을 지울 수가 없어 차창 아래로 다가서서 물었다.

“너 학교 공납금은 어떻게 됐니?”

“못 냈지 뭐.”

“그럼 어떻게 되니?”

"What?"

"I haven't gone to school for several days already."

"No! Pay the hospital check-in fees and use the rest for your tuition."

"How about the operation, then?"

"I'll take care of that." He reminded himself that he might receive all the back wages in two days.

His brother didn't protest any more.

At dawn the next day, someone shook him awake as he dreamt of his mother lying in the mortuary. As soon as he opened his eyes, somebody grabbed his throat and dragged him outside the sleeping tent. While he was being dragged along, he thought about his nightmare and was glad that it was only a dream. His fellow workers dragged him to the office, which was empty save for a solitary lamp dangling from the tent pole, sputtering from little oil. The office was bare. The lamp was merely a cover-up.

He was dragged back outside. Then, someone said. "Hey, look! Take a good look around!"

Instead of looking at the direction pointed by the finger, he looked up at the faces around him.

"Look! The construction equipment is all gone!"

He looked at the vast excavation. A hazy dawn

"그만두래. ……그만둘 거야."

"무슨 소리냐?"

"벌써 며칠째 학교 가지 않은걸."

"안 돼. 그 돈 입원비 내고 남은 걸로 등록금 갖다 내."

"수술빈 어떡허고?"

"그런 건 네가 걱정 안 해도 돼."

동생은 대꾸하지 않았다. 그는 구차하게도 이틀 뒤면 그동안 밀린 임금을 모두 받아 내게 된다는 사실을 상기시키고 있었다.

다음 날 새벽, 시체실에 누운 어머니 꿈을 꾸고 있는 그를 누군가 두드려 깨웠다. 그리고 눈을 뜨기 바쁘게 지체 없이 멱살을 잡혀 천막 밖으로 끌려 나갔다. 끌려 나가면서도 그는 꿈에 대해 생각하고 있었다. 그것이 꿈일 뿐 현실이 아니었다는 데 그는 감사하고 있었다.

노동자들은 그를 끌고 현장 사무실로 갔다. 기름이 다 닳아 가물가물 꺼져 가고 있는 석유램프 하나가 천막 기둥에 걸려 있었다. 그것뿐 천막 안은 휑하니 비어 있었다. 석유램프는 위장용임을 금세 알아차릴 수 있었다.

그는 다시 밖으로 끌려 나왔다. 그제야 누군가 처음으로 입을 열었다.

"자, 봐! 두 눈으로 똑똑히 봐!"

was breaking from the distant shore.

"Traitor!"

"Kill him!"

He collapsed clutching his abdomen after someone kicked him there, and they trampled him with their feet. When he came to later, not a soul was in sight. The sky in the east was stained red. The sea, too, was a deep red merging with the sky. It was forlorn.

It suddenly made sense why he had pushed us aside violently to charge at the two men in the drinking stall.

"I'm a traitor," he said.

"But you didn't know they would run away like that. You didn't know about the plan, did you?"

"I could feel something fishy was going on."

"That's what you think now in hindsight."

"No, I knew." He refused to be comforted. "The worst of it was, one of the men rebuked me for selling out, even though he, an old man, had refused to."

Tears welled up in his eyes then and streamed down his cheeks. Looking at his tear-stained face, we thought that he wouldn't have been capable of lunging at the two men, if he had not been drunk.

그는 가리키는 곳을 보는 대신 둘러선 사람들의 얼굴을 쳐다봤다.

"보란 말야, 공사 장비들이 남아 있는 게 있나!"

그는 파헤쳐진 넓은 벌판을 내다봤다. 멀리 바다 쪽으로부터 뿌옇게 먼동이 트고 있었다.

"배신자!"

"죽여 버려!"

그는 헉 하고 배를 싸안으며 고꾸라졌다. 그리고 발굽들 아래 짓밟혔다. 그가 몸을 일으켰을 때는 주변에 사람 그림자 하나 없었다. 다만 동녘 하늘이 붉은 빛을 띠고 있었다. 하늘과 맞닿은 바다도 붉게 물들어 온통 칙칙한 붉은 빛뿐이었다.

우리는 그제야 그가 왜 포장마차집에서 발작처럼 우리를 밀어붙이며 나섰었는지 알 수 있을 것 같았다.

그는 말했다.

"나는 배신자야."

"하지만 넌 그들이 걷어들고 도망치리라곤 생각하지 않았잖어. 그런 계획이란 것까진 몰랐던 거 아냐."

"난 알았어. 낌새를 알아챌 수 있었어."

"지금 생각하니 그럴 뿐이지."

"아냐. 아니란 말이야."

"Finally we have a rich pal." We were so happy that we could talk about him in that way as we read his letter. Calling him 'rich' gave us a sense of vindication because we know how heartbroken he had been to be called a traitor.

"People working abroad are treated better than those working back home, aren't they?"

"Yeah, and, in fact, that's the case, even when Korean workers receive a lot less than overseas workers from other countries do."

"Don't they have a sewing factory or an iron plant there where we can work?"

"I should've learned something useful like plastering or carpentry."

"He had some foresight, learning how to paint houses by following house construction contractors."

"Anyway, it's great to hear he's making heaps of money."

Before leaving for the Middle East though, he made it clear that he was not leaving just to make money as a sort of revenge. So our calling him 'rich' might have offended rather than flattered him. He probably didn't want to be called that. Not only that, we should have remembered that the country

그는 우리의 위로를 단호히 거부했다. 그리고 말했다.

"내가 견딜 수 없는 말은 바로 이 말이야. 사람들 중 하나가 말했어. 나 같은 늙은 놈도 야합을 물리쳤는데 새파랗게 젊은 놈이 놈들과 짜고 그딴 짓을 해 하고."

그는 순식간에 눈시울을 붉혔다. 곧이어 후두둑 눈물이 쏟아졌다. 우리는 번들거리는 그의 얼굴을 건너다보며 그가 만약 술만 마시지 않았대도 포장마차집에서 그런 실수를 저지르진 않았으리라는 생각을 하고 있었다.

"마침내 우리 주변에 갑부 하나가 탄생했군."

우리가 그의 편지를 읽으며 이런 얘기를 할 수 있는 건 얼마나 기분 좋은 일인지 몰랐다. 배신자의 아픔에 떨던 그를 갑부로 불러 줄 수 있는 것은 우리에게도 얼마나 큰 행복인가.

"역시 외국에 나가 일하는 건 국내서보다 정당한 대우를 받는다는 얘기지?"

"그나마 다른 나라 노동자들이 받는 대우에 비하면 터무니없이 적게 받는다는데도 말이야."

"왜 봉제 공장이나 철공소에서 함마 두드리는 일자리는 없지?"

"진작 미장이나 목수일이라도 배워 두는 건데."

"개가 집 장수 따라다니며 빼끼칠 기술을 배운 건 역시

in which he was working was an intolerably harsh land.

In his letter, he wrote that sweat poured like rain from his body, but quickly evaporated as he moved the paint roller, dangling before the wall of a gas tank in the middle of the desert where the air is burning hot. Then, the moisture squeezed out of his body and feeling like a piece of dried kindling, he would look down at the desert, suspended beside the red-hot tank.

> Far below, the sand resembles ocean waves. It isn't caused by hallucination, but vertigo. Do you know what I think then? I'm not pulling your leg. I think about dying. I think that all I need to do is unbuckle the rope around my waist and kick away a little from the tank and I would simply drift down like a piece of paper. Since all the moisture has evaporated from my body, no blood would spurt out even if my bones break and my skin is ripped apart. That thought occurs to me at least four times a day. I see a happy corpse, numb to all pain and suffering, and I wonder if it would be mine.

선경지명이 있었어.”

“어쨌든 개가 갑부가 돼 버렸다는 것만큼 기분 좋은 건 없지 뭐냐.”

그러나 그는 떠나기 전 우리와 마지막 만났을 때 분명히 말하지 않았던가. 그가 떠나는 건 결코 돈에 대한 복수심 때문은 아니라고. 그러므로 우리가 그의 뒤편에서 그를 갑부라고 부르는 건 어쩌면 그에 대한 모욕이 되는 것인지 몰랐다. 적어도 그는 자신이 그렇게 불리는 것을 기분 좋아할 리 없으니까. 뿐만이 아니었다. 우리는 그가 가 있는 곳이 얼마나 견디기 어려운 땅인가에 곧 생각이 미치지 않을 수 없었다. 그는 이렇게 쓰고 있었던 것이다.

타는 듯한 열기 속의 사막, 그 사막 한가운데 세워진 기름 탱크의 벽에 달라붙어 페인트 롤러를 굴려 나가다 보면 느닷없이 비오듯 하던 땀이 말라 버리는 순간이 있다는 것이었다. 더 배어날 땀도 남지 않은 채 장작개비처럼 꾸들꾸들 말라 가고 있는 것 같은 그런 느낌이 든다고 했다. 그러면 버릇처럼 불덩이같이 달궈진 탱크의 철판에 등을 붙이고 지상을 내려다보게 된다고 그는 쓰고 있었다.

까맣게 내려다보이는 지상의 모래밭이 마치 파도가 출렁이는 바다처럼 보이지. 착각이 아니야. 현기증 탓

Nonetheless, in his next letter, he told us that he had signed on for another year in his job. He wrote that he would return home after just one more year. His decision left us all speechless. We all remained penniless even as he got richer and richer... But how hot was the air up there where he hovered in mid-air, if it was 40 degrees down on the ground?

It wasn't that strange, therefore, that we decided to give him an elaborate welcome for his unexpected homecoming. He was coming back only a month after renewing his contract. He's coming home finally, leaving behind the pain of endless vertigo and the perverse pull of death. When he made up his mind he might have yelled, 'Fuck you, you filthy capital!' People call money 'capital' once they've amassed enough of it. But who knows what he said?

A day before his scheduled arrival at Gimpo Airport, we got together as scheduled to go through our plan for welcoming him one more time. We went for drinks, but nobody spoke, each of us mulling what we would say when we saw him.

Some of the greetings that occurred to us were 'How hard was the job?' and 'How hot was it there?' Or should we simply say something comforting, like

이야.

그럴 때 생각나는 것이 무엇인지 알어? 거짓말이 아냐. 죽음이야. 허리를 묶은 밧줄을 풀고 슬쩍 탱크를 걷어차면 한 장의 종이처럼 간단히 땅으로 날아 떨어질 수 있을 거란 생각. 몸의 물기란 물기는 남김없이 증발해 버렸으므로 뼈가 부러지고 살이 터져도 피는 흐르지 않을 거 아니겠어.

나는 그런 충동을 하루에 적어도 네 번은 받고 있어. 어떤 고통도 어떤 인내도 잊은 행복한 나의 시체를. 그때의 나는 그런 모습을 하고 있겠지?

그런 그가 다음 편지에서 일 년 연장 고용계약서에 서명했음을 거침없이 말하고 있었다. 딱 일 년만 더 머문 다음 돌아가겠다고 쓰고 있었던 것이다. 우리는 그런 결단을 내린 그에게 장엄한 어떤 느낌마저 갖지 않을 수 없었다. 여전히 빈털터리로 남아 있는 우리가 갑부가 되어 가고 있는 그를……. 지상의 온도만도 섭씨 40도라면 공중에 떠 있는 그를 휘감는 열기는 도대체 몇 도나 되는 것일까?

그의 느닷없는 귀국에 대한 우리의 환영 계획은 그러므로 너무나 당연했다. 일 년을 연장해서 머물기로 한 겨우

what a good decision he had made to give up and return home?

The roadside drinking stall didn't sell rice wine because it was more difficult to handle than *soju*. *Soju* was too strong, but we drank it anyway as we sat there without a word. Even six college girls, standing next to us, school badges on their lapels, were drinking *soju*, so we shouldn't feel ill at ease about it. They were engaged in a heated discussion, so we couldn't talk among ourselves for fear of interrupting them. Now that we knew that under-cover agents also came to such places, we were more careful to keep from cutting or butting in on other people's conversations. So we just sat there drinking *soju*, without speaking.

"That time it wouldn't stop snowing, I was ready to die and stain the snow red with my own blood."

People had their own ways of finding solace in this world, and snow would be a romantic herald of death, we thought momentarily. Vaguely listening in on their conversation, we kept pouring *soju* down our throats, as if we could take on the whole world.

But before long, we found ourselves hiccupping, and realized that we had been rash in our drinking. Though we strained our eyes, we could hardly

한 달 만에 그는 난데없이 계약을 파기하고 돌아오는 것이 아닌가. 마침내 끝없이 현기증에 시달리는 고통을 청산하고 충동적인 유혹도 떨쳐 버리고 돌아오는 그가 아닌가. 결정을 내린 순간 그는 소리쳤을 것이다. 야, 이 더러운 자본아 하고. 돈의 부피가 커지면 자본이란 이름으로 바꾸어 불러 주니까. 아니 그가 어쨌는지 누가 알랴.

그가 김포공항착 귀국하는 날이 드디어 하루 앞으로 다가선 날 우리는 약속대로 다시 모였다. 환영 계획의 재확인을 위해서. 우리는 술을 마시러 갔다. 아무도 우스갯소리 한마디 하지 않았다. 우리는 다만 제가끔 그와 마주치는 순간에 뭐라고 첫마디를 던져야 할 것인가에 대한 궁리를 짜고 있었다.

얼마나 고생이 많았니 라고 해야 할까. 아니 얼마나 뜨거웠니 라고 물어야 할까. 포기하고 돌아온 건 참 잘한 결정이라고만 위로하고 말아야 할까…….

포장마차에는 막걸리는 번거로우므로 팔지 않았다. 그리고 소주는 여전히 우리에게 너무 독했다.

그러나 우리는 마셨다. 말없이 자꾸 마셨다. 옆에 나란히 서 있는 배지를 단 여섯 명의 여대생들도 소주잔을 기울이고 있었으므로 남자들인 우리가 소주를 거북해할 수는 없었다. 그녀들이 열 올리고 있는 대화에 방해가 되므

make out the stall owner in his fur hat, much less the whole world. We started shivering in intoxication while the vigorous college girls showed no sign of being drunk.

"How's it going by the way?"

"He promised to send me an invitation with financial guarantee."

"Has he left already?"

"Not yet, he's leaving next month. He's got his passport and visa."

"We should have a send-off for him then. Who knows if we'll see him again."

"He says he won't come back until he gets a Ph.D. I feel frustrated sometimes thinking about our future."

"Why? Are you worried about dying a spinster?"

"What are you talking about? He promised to send me the invitation within six months after he gets there. Are you talking about me failing the overseas study exam? Well, in case you didn't know, only those who can't afford to get a sponsor need to pass the exam. What I'm worried about is?"

"Having a hard time adjusting to life abroad?"

"Come on, do you think we're going to the Middle East to dig up the desert? His sister lives in New

로 우린 떠들 수도 없었다. 그런 곳에 신분을 위장하고 잠입하는 사람들이 있다는 것을 알고 있는 우리로서 그녀들의 얘기를 간섭하거나 끼어드는 실수는 두 번 다시 저지를 수 없었다. 우리는 다만 말없이 술을 마시는 일밖엔 할 짓이 없었다.

"얘, 눈이 끝없이 펑펑 쏟아지는 거 있지. 그럴 때면 그 눈을 빨간 피로 물들이며 죽구 싶은 거 있지."

우리는 여대생들의 그런 얘기를 가물가물 귓가로 들으며, 돈짝만 한 세상을 안주로 집어먹으며, 끝없이 소주잔을 목구멍으로 들어부었다. 세상에 행복을 느끼는 것도 참 여러 질이구나 하는 생각이 안 든 건 아니지만 그건 잠시뿐이었다. 눈이 행복한 살인도 하는구나 하는 생각은 역시 잠시뿐이었다.

그런데 드디어 딸꾹질이 나기 시작하여 정신을 차리고 건너다보자 돈짝만 해 뵈던 것은 세상이 아니었다. 재차 어금니를 사려 물고 건너다보아도 눈앞에 일렁이는 돈짝 크기의 상대는 고작해야 털모자를 눌러쓴 포자마차 주인일 뿐이었다. 그리고 술기운에 떨고 있는 것은 우리뿐이었다. 영양이 좋은 여대생들은 여전히 조금도 취해 있지 않았다.

"너 참 어떻게 됐니?"

York and has several cars."

He might have been on the same flight as one of those women going to America with a letter of guarantee. But no, America was in the opposite direction. A guy going to Paris to study about women's scarves might have been on his flight.

"Will you give us two more grilled eels? They're supposed to be good for stamina, right?"

We had enough of their talk and lifted the flap of the stall exit to get out. As soon as we stepped outside, we all slipped on the icy road. Still, it didn't occur to us to wish that we had died on the spot from concussions. We were still curious about how the conversation of the college girls had ended. What was she worried about? The future of the country? The future of the Korean people? The gradual decrease of her stamina? Or, perhaps its rapid increase?

With that unanswered question, we parted ways, promising to meet again the next day. We cautioned each other against slipping on the icy road and staining the road red with our blood.

When we gathered the next day as agreed, we were all kneading our temples which were throbbing from hangover. The first thing we did was to

"응, 재정보증서 붙여 갖구 초청하는 거 있지, 그거 보내 주겠대. 자기 약속했어."

"그럼 벌써 떠났니?"

"다음 달에 떠나. 여권이랑 비자랑 다 나왔어, 얘."

"그럼 언제 환송회 한번 하자, 얘. 그냥 있을 수 있니. 이제 영영 못 만날지두 모르는데."

"박사학위 따기 전엔 돌아오지 않는대. 어떨 때 가만 생각하면 막막해지는 거 있지, 나 요즘 그런 심정이다 너."

"어머, 왜니? 노처녀루 늙으면 어쩌나 해서니?"

"그런 소리 마, 얘. 건너가면 육 개월 안으루 초청장 보내 준다니까 그러니 앤. 너, 나 유학 시험 떨어졌다구 그러는 거니? 너 모르는구나. 유학 시험, 그거 별 볼일 없는 거야. 재정보증서두 못 얻는 별 볼일 없는 인간들한테나 필요한 거야. 내가 막막해지는 것은……."

"가면 아무래두 고생이다, 그거니?"

"우리가 어디 중동에 땅 파러 가는 거니, 고생이게? 뉴욕에 자기 누나가 살구 있다구. 자가용이 몇 대씩이나 된대."

그도 아마 재정보증서 갖고 미국 유학 가는 저런 여자와 같은 비행기 타고 갔겠지. 아니, 미국은 그쪽으로 가지 않으므로 그와 같은 비행기로 유학 떠난 사람은 파리로

find a florist and order some flowers.

"What kind would you like to have?"

"Something grand, please."

Grateful for our purchase, the florist tied a lengthy ribbon around the flowers. To make the florist feel even better, we said, before paying for it, "We're taking this to Gimpo Airport," which meant that the bouquet carried a larger, international significance.

"Wow, really?" the florist exclaimed, as though he also wanted to greet our arriving friend. "In that case, I will give you a 200 *wŏn* discount."

All prepared, we got on the bus bound for the airport, placing the flowers in front. We thought it too childish to bring a signboard. Two things bothered us: first, there was too much time to kill before his arrival, and second, we all had a splitting headache, which only seemed to grow worse as time ticked by. But it hadn't occurred to anyone to suggest buying a painkiller.

The winter sun had already set and night had fallen by the time we reached the airport, but there were still two hours to go before his plane's scheduled touchdown at 8 o' clock.

"There's nowhere to hang out with these flowers."

"That's right. It was a good idea to come here

여자 목도리 연구하러 가는 남자였겠지.

“아저씨, 꼼장어 두 마리 더 구워 주세요. 그거 정력에 좋다면서요?”

하는 여대생들의 얘기를 마지막으로, 우리는 더 이상 버티지 못하고 포장마차의 휘장을 들치고 나왔다. 나오다가 우리는 모두가 눈길에 미끄러져 자빠졌다. 그러나 눈 위에 꽈당 자빠져 뇌진탕으로 죽어 버렸으면 하는 생각은 조금도 나지 않았다. 우리는 다만 끝까지 듣지 못한 여대생의 얘기가 궁금할 뿐이었다. 그녀가 막막해지는 건 무엇일까. 조국의 장래일까, 민족의 앞날일까. 떨어지는 정력 때문일까, 아니 날로 그게 충천해서는 아닐까.

우리는 꼬리를 무는 의문을 풀지 못한 채 다음 날을 기약하고 헤어졌다. 눈길 조심해, 자칫하면 간다구 하는 당부를 주고받으며.

그리고 다음 날 우리는 뻐개지는 것 같은 머리통을 싸안고 최후로 모였다. 우선 꽃집으로 갔다. 꽃다발 하나를 주문했다.

“어떤 꽃다발을요?”

“아주 근사한 걸로.”

우리가 멋진 꽃다발을 주문한 것을 꽃집 주인은 매우 고마워하면서 펄럭이는 리본까지 달아 주었다. 그를 환영

directly."

Because we were worried that the fragrance of the flowers would fade if we waited among the crowds, we decided not to go inside the airport right away. Instead, we made for a corner of the parking lot and loitered in the snow. We were lucky that it wasn't so cold. In fact, it was nothing to stand the cold outside compared with the stifling heat he had to endure in the desert. Anyway, the cold air might have been good for our headache.

After hanging around for more than an hour, our noses red from sneezing, we walked across the parking lot towards the airport building.

Inside, we realized that it was not a small place. We had no clue which gate he would use to come out after the check-in process was finished.

We secretly blamed him because if he had let us see him off when he left for the Middle East, then we would probably know our way around the airport this time around. But he was adamant that we should not come to see him off that time; otherwise, he said, he would cut ties with us.

When we asked him why, he said, "Because if you show up at the airport, I would feel as if you were laughing at me." In hindsight, he shouldn't have

하는 깃발로는 아주 그럴싸한 크기였다. 우리는 꽃집 주인을 더욱 즐겁게 해 주기 위해 대금을 치르기 전에 한마디 더 했다.

"김포공항으로 가져갈 겁니다."

우리의 이 말에는 그가 만들어 준 꽃다발이 다분히 국제적인 의미를 지니게 된다는 뜻이 포함되어 있었다.

"아아 그러세요."

하고 꽃집 주인은 과연 감탄하는 목소릴 냈다. 그러고는 그도 축하의 뜻을 보태고 싶었던지 이렇게 말했다.

"그럼 이백 원을 빼 드리죠."

준비를 끝냈으므로 우리는 곧 꽃다발을 앞세우고 공항으로 가는 버스를 탔다. 유치하게 피켓 같은 걸 만들 계획은 애초부터 우린 갖고 있지 않았다. 그때 우리가 좀 거북살스럽게 느낀 것이 있었다면 두 가지였는데, 하나는 그가 도착할 시간이 아직 너무 많이 남아 있었다는 점이고, 다른 하나는 두통이었다. 두통은 참으로 견디기 어려울 정도였다. 시간이 갈수록 점점 더 나빠져 가고 있었다. 그럼에도 우리는 누구도 진통제를 사 먹으면 어떠냐는 제의는 하지 않았다.

공항에 도착하기도 전에 겨울 짧은 해는 벌써 밤으로 바뀌어 있었으나 그가 탄 비행기가 도착할 밤 여덟시까진

been so cynical.

Fortunately, it didn't take long to locate the gate where the passengers on his flight were supposed to come out. We still did have enough brain cells left to locate a desk with the signboard 'information' to point us in the right direction.

When we approached the gate we saw that she was already there. Our hearts raced. She must have been more agitated and emotional than us because she was his mother. We called her in a nervous but muffled chorus. "Mother!"

She turned, somewhat surprised, and looked at us. Unable to contain her emotion, she burst into tears. We couldn't say anything to comfort her for fear that she might lose it. Of course, we couldn't possibly say 'you must be happy,' either. Her eyes, swollen with tears, silently told us: Finally, he's coming home. So, we could only ask her in low tones, "Have you been waiting long?"

"No, I just arrived."

"It's almost time."

"Indeed." She looked at us again in a daze, as if she had just realized that she would really be getting her son back. Then, the tears in her eyes fell on the floor before we could offer her a handkerchief.

아직도 두 시간 가까이나 남아 있었다.

"그래도 이 꽃다발을 들고 도중에서 시간을 보낼 덴 없잖겠어."

"그럼. 막바로 온 건 잘한 거야."

우리가 꽃다발을 들고 뭇사람들 틈에 끼여 두 시간을 기다린다면 풋풋한 꽃의 향기를 다 앗기고 말 우려가 있었으므로 우리는 당장 공항 청사 안으로 들어가지 않았다. 공항 광장 끝으로 가서 눈밭에 둘러섰다. 다행히 날씨가 그렇게 춥지 않았다. 아니 그가 타는 듯한 열기 속을 살았던 것을 생각하면 우리가 그 정도 추위를 견디는 것은 아무것도 아니었다. 그리고 그건 두통에도 좋은 처방인지 몰랐다.

한 시간 이상을 눈을 밟고 서성거린 다음 우리는 딸기코를 훌쩍거리며 주차장을 가로질러 건물 안으로 들어갔다.

안으로 들어선 다음에야 우리는 그 안이 그렇게 좁은 공간이 아닌 것을 알아차렸다. 그러므로 그가 입국 수속을 끝내고 마침내 우리 앞에 모습을 드러내는 문이 어디쯤에 있는지 알 수가 없었다.

우리는 속으로 그를 비난했다. 그가 떠날 때 우리로 하여금 그를 배웅하도록만 했던들 우린 지금 조금도 기웃거리지 않고 익숙하게 찾아갈 수 있었을 것이 아닌가. 그는

Since she had the operation for peritonitis, life seemed to have treated her better. She had a smooth recovery and should have looked better, but her son's homecoming must have been trying for her. She looked wretchedly gaunt.

As the flight's arrival was announced, we felt stifled by anxiety. Shivering, we said to her, "The plane has arrived, mother."

She must have caught the announcement too. She didn't answer and kept her eyes glued to the gate through which a stream of passengers came out. She seemed to have calmed down. How happy we would be, if he could drink with us again at the roadside drinking stall. We stared at the graying hair at the back of her head.

Some twenty minutes passed and a man appeared at the gate with his suitcase, smiling vaguely. A felt hat, which looked expensive, which is probably why it looked stylish, was perched on his head. But it wasn't him. Tourists and returnees streamed out of the gate, but he wasn't among them.

We started to think that the news about his return might have been a mistake. Maybe, he was still in the desert with his paint roller, finishing his extended contract, and he would be coming home in

단호히 말했었다. 만약에 그가 떠나는 공항에 우리가 나타난다면 그걸로 우리의 우정은 끝나는 것이라고. 어째서 그러냐고 묻자 그는 이렇게 대답했다.

"너희가 만약 공항에 나온다면 그건 나를 비웃으러 나오는 것이기 때문이다."

지금 생각하면 그가 그때 그토록 신랄할 것까진 없었다. 어쨌든 다행히 우린 입국자들이 들어서는 문을 찾는데 그렇게 오래 방황하진 않았다. '안내'라고 써 붙인 곳에 가서 물어보면 된다는 것쯤은 알고 있을 만큼 우리도 때로는 용의주도한 편이었던 것이다.

우리가 입국자 출구 앞으로 다가갔을 때 우리는 거기에 우리가 아는 한 분이 이미 도착해 있는 것을 발견했다. 발견하는 순간 가슴이 더없이 벅차 오는 것을 느꼈다. 우리가 그런 지경이었으니 그녀는 얼마나 격정에 떨고 있었으랴. 바로 그의 어머니였으니까.

우리는 격앙된 목소리로, 그러나 나지막한 합창으로 그녀를 불렀다.

"어머니!"

그녀가 흠칫 놀란 몸짓으로 우리는 돌아봤다. 그러고는 격정을 억누르지 못해 급기야 우리 앞에 눈물을 뚝 떨어뜨렸다. 우리는 그녀로 하여금 그만 소리 내어 어른의 울

eleven months.

"Mother!" we called out, not to tell her that he was not coming now but eleven months later. The moment we entertained the hope that it was all a rumor, his younger brother, now in high school, appeared at the gate. We all stiffened, as if we might collapse if we tried to take a step forward.

His brother, who had gone to the Middle East to bring him home, tarried, and, then, halted completely, when he met his mother's eyes. Soon, his face was drenched with tears. He soon continued walking toward us, however, as befits a man.

We realized that we had endured the cold outside the airport only because we weren't brave enough to watch his suffering mother. Nor had we wanted the other people to see the wreath we had ordered for him.

His brother, a high school boy in crew cut, approached us with the white square box, and we placed the flowers with the black ribbon on it. It looked grand—too grand for his handful of ash.

Translated by Sohn Suk-joo and Catherine Rose Torres

음을 울어 버리게 할 우려가 있는 말은 할 수가 없었다. 얼마나 반가우세요 라는 말은 더구나 할 수 없었다. 그러지 않아도 눈물방울이 아스라이 걸린 그녀의 눈은 무언의 말을 하고 있었으니까. 녀석이 드디어 돌아오고 있단 말이야 하고. 그러므로 우리는 다만 이렇게 낮은 목소리로 물었다.

"나오신 지 오래 되셨나요?"

"아니…… 조금 전에."

"거의 도착할 시간이 되었군요."

"응."

그녀는 대답하고 나서야 시간이 임박했다는 데 새삼 실감이 가는지 놀란 눈을 하고 우리를 돌아봤다. 눈가에는 아직도 위태로운 눈물방울이 괴어 있었는데 그 눈물방울은 우리가 미처 손수건을 꺼내기도 전에 후두둑 바닥으로 떨어졌다. 신수가 편 탓인지 복막염 수술 이후의 오랜 병색을 완전히 회복하고 있던 그녀였는데 아들의 귀환이 다시 살을 내리게 한 것일까. 그녀는 드러나게 수척한 모습이었다.

이윽고 그가 탄 비행기의 도착을 알리는 안내 방송이 들렸을 때, 우리는 숨이 막히는 긴장을 느꼈다. 우리는 몸을 후루룩 떨며 다시 그녀를 환기시켰다.

"비행기가 도착했답니다, 어머니."

그러자 그녀도 방송을 알아들었음인지 아무 대꾸도 않고 줄기차게 입국자가 들어서는 문 쪽만 쏘아보고 있지 않은가. 어쩌면 그새 격정을 진정시켰는지 몰랐다. 우리는 그가 만약 우리와 함께 포장마차에 가서 한잔할 수 있었으면 얼마나 좋으랴 생각하며 그의 어머니의 희끗희끗한 뒷머리를 지켜보고 있었다.

적어도 이십 분은 시간이 지체된 듯했다. 가방을 들고 가벼운 웃음을 띤 사나이 하나가 문 앞에 나타났다. 머리에는 매우 비싸 보이고, 그래서 좋아 뵈는지도 모를 멋진 중절모가 얹혀 있었다. 그러나 그 사나이는 그가 아니었다. 귀국하는 사람도, 이 땅을 찾아오는 여행자도 줄줄이 이어져 나오고 있었으나 그는 좀체 모습을 나타내지 않았다.

우리는 그제야 그가 귀환한다는 것이 낭설일지 모른다는 생각을 하기 시작했다. 그는 당초의 계약 조건대로 지금도 모래밭에서 페인트질을 하고 있으며, 그가 돌아오는 것은 적어도 열한 달 뒤일지 모른다는 생각을 우리는 하기 시작한 것이다. 우리는 재빨리 그의 어머니를 불렀다.

"어머니!"

그러나 우리가 그녀를 부른 것은 그가 일 년 뒤에 돌아올지도 모른다는 말을 하기 위해서가 아니었다. 우리가 조급하게 그런 생각을 하고 있는 순간에 그의 고등학교에 다니는 남동생이 거기 입국자 출구 앞에 불쑥 그 모습을 나타냈던 것이다. 우리는 뻣뻣하게 몸이 굳어 오는 것을 느꼈다. 발을 떼어 놓으려 하면 그대로 쓰러지고 말 것 같은 그런 느낌이 들었다.

현지까지 가서 그를 안내하여 오고 있는 그의 남동생은 어머니와 눈이 마주치자 주춤하고 걸음을 멈춰 섰다. 그의 얼굴이 순식간에 물기로 번들거렸다. 그러나 그는 역시 남자였으므로 오래 지체하지 않고 곧 문 앞을 떠나 이쪽으로 걸어오기 시작했다.

우리는 그제야 우리가 공항 건물 밖에서 그토록 오래 떨고 있었던 것은 그의 어머니를 차마 만날 수 없어서였던 것을 알아차렸다. 그에게 줄 꽃다발을 뭇사람들한테 보이고 싶지 않아서였던 것을 알아차렸던 것이다.

우리는 그녀의 둘째 아들, 아직도 까까머리 고등학생인 그 둘째 아들이 가슴에 안고 다가서는 하얀 사각의 곽 위에다 검은 리본이 드리워진 우리의 꽃다발을 얹었다.

그러나 한줌의 재를 위한 꽃다발로는 그건 너무나 흐드러진 풍요였다. 너무나…….

『쓰지 않은 이야기』, 동서문화사, 2003(1981)

해설

Afterword

리얼리즘의 정신과 반전(反轉)의 윤리

—폭압적 근대화에 대한 비판과 인간다움에 대한 옹호

이선우(문학평론가)

1968년 「히포크라테스의 흉상」이라는 걸출한 중편으로 문단에 이름을 떨친 신상웅은, 강인한 문체와 밀도 높은 구성, 냉철한 현실 인식을 바탕으로 우리의 일그러진 근대화가 야기한 문제들을 심도 깊게 파헤쳐 온 70년대의 대표적인 소설가이다. 그는 분단이라는 한국 사회의 특수성과 일상까지 파고들어 온 군대 메커니즘의 비인간성과 폭력성을 날카롭게 고발했을 뿐 아니라, 70년대에 본격화되기 시작한 산업화·도시화의 이면을 소설적으로 탁월하게 형상화하면서 그 속에서 살아가는 소외된 인간들과의 따뜻한 연대 의식을 드러내었다.

현재로서는 신상웅의 마지막 소설집이라고 할 수 있는

Realism and the Ethics of Reversal

Lee Sun-woo (literary critic)

Shin Sang-ung was a representative Korean writer of the 1970s who made his literary debut with the novella *Hippocrate's Bust* in 1968. He explored various problems sparked by South Korea's stressful modernization with his characteristic robust style, intense plotting, and stark sense of realism. In his excellent portrayal of the other side of the industrialization and urbanization that gained momentum in the 1970s, Shin evoked a sense of solidarity among those living on the fringes. He was also adept at exposing the inhumanity and brutality of the military intrusions into daily life that resulted from the partition of the Korean peninsula into the two

『돌아온 우리의 친구』(1981) 역시 작가의 이러한 리얼리스트로서의 면모를 아낌없이 드러내는 소설집이다. 표제작 「돌아온 우리의 친구」(1978)는 이 책에 실린 네 편의 '포장마차 연작' 중 세 번째 작품으로, 중동에 돈 벌러 간 '우리의 친구'가 결국 한 줌의 재가 되어 돌아올 수밖에 없었던 이야기를 통해, 겉보기엔 고도성장을 이룩하고 있던 한국의 70년대가 실은 얼마나 많은 노동자들을 희생 제물로 삼았는지를 가슴 아프게 그려 낸다. 이 소설이 단순한 사회 고발로 끝나지 않고 독자들의 폭넓은 공감을 이끌어 낼 수 있었던 것은, 주인공의 신산했던 삶이 우리에게 던지는 메시지 때문만이 아니라 마지막 장면에 이르기까지 친구의 죽음을 입 밖에 내어 말하지 않는 화자의 태도와 이 반전의 구조가 보여 주는 윤리적 울림 때문일 것이다.

소설은 포장마차에 모인 친구들이, 중동에서 일 년 일 개월 만에 돌아오는 한 친구를 공항까지 찾아가 "대대적으로 환영하자"고 결의하는 것으로 시작한다. 그들은, 왕복 삯이 백만 원이나 되는 비행기를 타고 오는 그 친구를 짐짓 부러워하며 마치 그가 갑부라도 되어 돌아오는 양 호들갑을 떤다. 그러나 그의 성공을 아무도 질투하지 않고 자기 일마냥 기뻐하는 것도 그렇지만, 포장마차에 모

Koreas.

Published in 1981, *Our Friend's Homecoming*, Shin's last collection of short stories, earned him unstinting praise as a realist writer. Written in 1978, the title story, "Our Friend's Homecoming," the third in a series of four "Roadside Drinking Stall" stories, recounts the sad tale of a Korean migrant worker who returns from the Middle East in an urn. It reminds us that South Korea's rapid development in the 1970s was made possible by sacrificing the working class. The story doesn't simply point an accusing finger at Korean society. Instead, it succeeds in eliciting a great deal of empathy from readers because the narrator doesn't reveal the death of the central character until the very end, a plot structure that enables them to feel the narrator's ethical position.

The story begins with some friends gathered at a roadside drinking stall agreeing to meet the central character at the airport and give him a "hero's welcome" because he is coming home for the first time in thirteen months. They envy him for flying on an airline whose tickets cost as much as one million *wŏn*, and make a great fuss as if he is coming back a rich man. But their behavior is intriguing because

여 술을 마시면서도 우스갯소리 한마디 없이 그와의 상봉 인사말만 고민하고 있는 모습은 다소 미심쩍은 데가 있다. 물론 그가 도망치듯이 중동으로 떠날 수밖에 없었던 사연이 소개되면서 이러한 의심은 어느 정도 수그러든다. 친구들이 그의 성공을 진심으로 기뻐할 수밖에 없을 정도로 지난 세월 그는 경제적·육체적으로는 물론이고 정신적으로도 심한 고통을 당했던 것이다.

공사장에서 막노동자로 일하면서도 몇 달째 임금을 받지 못하고 있던 그는 어머니가 복막염으로 입원해야 한다는 전갈을 받고 소장을 찾아가 밀린 임금의 일부를 받아내게 되는데, 그 대가로 공사주들이 공사 장비들을 다 빼가는 일에 자신도 모르는 사이 협조하게 되어 동료 노동자들에게 배신자로 낙인 찍혀 버렸던 것이다. 노동의 대가를 정당하게 받기는커녕 배신자라는 아픔에 떨어야 했던 그는 결국 한국을 떠나 사막 한가운데 세워진 기름 탱크 벽에 페인트칠 하는 일을 하게 된다. 단기간에 큰돈을 벌어 올 수 있다는 소문에 실제로 70년대 우리나라에서는 중동 붐이 한창이었지만, 그 드림의 실체는 불덩이같이 달궈진 탱크 철판 위에서 “더 배어날 땀도 남지 않은 채 장작개비처럼 꾸들꾸들 말라” 가면서 죽음 충동에 시달리

they are lost in their own thoughts while mulling over what to say when they see him. When we learn why he had to go to the Middle East, the suspense dissipates somewhat. The physical and economic hardship he endured in his own country seems to account for their happiness at his presumed success.

He was once hired for a few months as a day laborer at a construction site, where he and the other workers were not given their pay. When he received news that his mother needed an urgent operation for peritonitis, he went to his employer and managed to get some of his back wages in exchange for a favor. But he unknowingly betrayed his fellow workers because the favor he did for the employer enabled the company to pack up and remove all its equipment from the construction site. In addition to being cheated out of his full earnings, he was stigmatized as a traitor. It was then that he left South Korea for the Middle East to paint oil tankers in the middle of the desert. Many South Korean workers went to the Middle East to make quick money in the 1970s. However, in reality, he is plagued by an impulse to commit suicide because he feels "like a piece of dried kindling," all the

는 일이다. 그 나라 노동자들에 비해서는 터무니없이 적게 받는다는 데도 국내서보다는 정당한 대우를 받는 셈이라는 한 친구의 말은 당시 우리나라의 열악한 노동 현실을 압축적으로 드러내지만, 그곳에서도 그는 여전히 차라리 죽는 것이 더 행복할 것 같은 지옥 속을 살아가고 있었던 것이다. 그의 그런 고생담을 알고 있던 터라 친구들은 그의 귀국을 진심으로 반겼던 것이다.

하지만 그들은, 항공료를 돈으로 돌려받기 위해 휴가도 반납한 채 계약을 갱신했던 그가 왜 그토록 급작스럽게 귀국하는지에 대해 궁금해 하지 않는다. 숙취임이 분명하지만 그들 모두가 두통에 시달리고 있다는 것도, 그러면서도 누구 하나 진통제를 사 먹자는 말을 하지 않는다는 것도, 일찍 도착해 놓고도 자학하듯 추위에 몸을 내맡긴 채 막상 공항 안으로 들어가는 것은 꺼리는 모습 등에서도 독자들은 그들이 고통스러운 무언가를 감추고 있다는 것을 조금씩 눈치챈다. 질투는 아니지만 분명 기쁨도 아닌, 차라리 연민과 분노에 가까운 감정들이 소설 전체를 에워싸고 있다는 것도 이러한 의심과 불안을 강화시키는 요인이다.

마지막 장면에 이르러 마침내 그 의심은 걷히게 되지만,

moisture squeezed out of his body. One friend remarks that Korean migrant workers are treated better than workers back home although they are paid a lot less than foreign workers of other nationalities. This comment captures the poor working conditions South Korean workers endured in the 1970s. But their friend's life has been a living hell in the Middle East. Given his plight, their plan to give him a hero's welcome seems reasonable.

But they don't reveal why he is coming back so suddenly after he decided to give up the planned vacation after completing his initial contract in return for receiving the cost of the plane ticket in cash. Abstaining from painkillers, his friends willingly suffer hangovers from the previous night of drinking. And they don't go inside the airport terminal right away, opting instead to endure the cold as if torturing themselves. At this point, the reader starts to feel there is more here than meets the eye. Emotions verging on sympathy and anger, not jealousy or joy, permeate the story, intensifying the suspense and feeling of foreboding.

Toward the end of the story, the suspense is resolved and the foreboding realized. The flowers they have brought turn out to be a funeral wreath

불안은 결국 현실이 된다. 그들이 준비한 꽃다발은 갑부가 아니라 한 줌의 재가 되어 돌아온 친구를 위한 조화(弔花)였던 것. 유골함 위에 얹힌, "한 줌의 재를 위한 꽃다발로는 너무나 흐드러진" 그 풍요는 소설의 비극미를 한껏 고조시키며 이 소설 전체를 관통하는 아이러니의 미학을 완수한다. 그러나 화자가, 친구가 죽어서 돌아온다는 사실을 마지막까지 밝히지 않은 것은 사건을 보다 비극적으로 그려 보이기 위해서라기보다는 고백을 지연시킴으로써 그의 죽음까지도 지연시키고 싶었기 때문일 것이다. 그의 귀국이 늦어지자 그가 돌아온다는 것이 혹시 낭설이 아닐까 의심하는 그들에게서 우리는 그의 죽음을 인정하지 않으려는 그들의 안간힘을 본다. 그러나 낭만적 환상을 허락하지 않는 작가 신상웅은 냉정하게도 그를 산 자가 아니라 죽은 자로 돌려보낸다. 고국에서도 이방에서도 노동자로 살아가는 한 그는 인간다운 삶을 살아갈 수 없었으니, 그는 어쩌면 떠날 때부터 이미 산 자가 아니었을지도 모른다. 그리고 그것은 비단 '돌아온 우리의 친구' 한 사람에게만 해당되는 사실이 아니라 저 폭압적인 근대를 살아간 대다수 노동자들의 현실이었다.

그런데 왜 작가는 포장마차라는 공간에서 이러한 이야

for their friend who is returning not as a rich man, but as ashes in an urn. The urn's impressive appearance—"too grand for his handful of ash"—epitomizes the story's sadness, completing the aesthetics of irony running through the tale. The narrator withholds the fact that the friend is returning as a corpse not because he wishes to deepen the tragedy, but because he wants to put off the irremediable finality of death. When the friends don't see their friend at the airport they begin to hope that the news might have been wrong, a desperate attempt to deny the reality of his death. But the author, dispelling this naive illusion, quickly moves on to the scene of his arrival, not as a living, breathing person, but in an urn. Maybe their friend hadn't really been alive when he left for the Middle East, because he couldn't find a humane life at home or abroad as a laborer, a reality not only for the central character in the story but for countless workers during that brutal period of the country's modernization.

Why does the author use a roadside drinking stall as a space of discourse? It isn't a place of work or struggle, but a place where a motley crowd of the marginalized gathers. They end their day there, unwinding, grumbling, or debating while drinking

기를 풀어 나가는 것일까. 노동의 현장도 투쟁의 현장도 아니지만 포장마차야말로 이런 소외된 인간 군상들이 모여드는 곳이기 때문이다. 그곳에서 그들은 허름한 안주에 쓴 소주를 마시며 삶의 시름도 풀고 한탄도 하고 논쟁도 하며 하루를 마감한다. 따라서 포장마차는, 작가의 말처럼 사건의 현장이 갖는 어떤 경직성으로부터 자유로우면서도, 서민들의 구체적인 삶과 당대 사회의 제반 모순들을 속속들이 드러낼 수 있는 일상적이면서도 특수한 공간이다. 그곳은, 배신자로 몰려 만신창이가 된 친구가 설움을 풀기 위해 찾는 곳이자 그의 부음을 들은 친구들이 모여 슬픔을 추스르는 곳인 동시에 잘사는 여대생들의 복에 겨운 하소연이 울려 퍼지는 곳이기도 하고, 어디에 숨어 있을지 모르는 감시의 눈길 때문에 그런 소리를 듣고도 함부로 울분을 토할 수 없는 곳이기도 하다.

그러나 포장마차는 그 자체가 제도권 밖에 놓여 있는, 따라서 단속이 뜨면 이리저리 자리를 옮겨야만 하는 위태로운 공간임에도 불구하고 결코 사라지지 않고 우리의 일상 한쪽에 강고히 자리 잡고 있는 끈질긴 삶의 현장이기도 하다. 작가 신상웅은 이러한 포장마차라는 공간과 그곳을 찾는 비루한 인물들에 대한 애정 어린 탐색을 통해

soju and eating cheap side dishes. According to Shin, a roadside drinking stall is free from the rigidity of the workplace; it's an ordinary but special place where the concrete realities of the working class and the social problems of those days can be laid bare. In a drinking stall, the friend, bruised black and blue by his angry fellow workers, vents his frustrations; his friends gather together there after hearing the news of his return; well-heeled college girls whine about their little troubles; and everyone has to be careful not to be noticed by police spies.

A roadside drinking stall is an illegal structure that has to move whenever there is a crackdown. It's a precarious place, but it never disappears. It is entrenched in our life as a symbol of tenacity. Through the space of a roadside drinking stall, Shin exposes the brutalities of dictatorship and the problems of rapid modernization by exploring the wretched lives of the marginalized. His portrayal reveals how these frail, beautiful people struggle to preserve their humanity.

유신 시대의 폭력상과 압축적 근대화의 제 모순들을 고발하는 한편 그 속에서도 인간다움을 잃지 않기 위해 투쟁하는, 연약하지만 아름다운 인간들을 그려 내고 있다.

비평의 목소리

Critical Acclaim

신상웅 소설의 특성 중 하나는 서사의 응집성이라 할 수 있다. 그의 소설에서 두드러지는 것은 초점이 되는 작중인물과 그를 둘러싼 세계의 불화인데, 작가는 이 불화를 극한까지 파고들어 감으로써 매우 높은 밀도를 획득하고 있다. 세계의 폭력성과 비인간성 앞에 무방비로 노출된 주인공은 거기서 벗어나기 위해 필사적으로 분투하지만 결국 불리한 여건을 타개하지 못하고 좌절하고 만다. 개체가 자신을 에워싼 우호적이지 않은 세계와 힘겹게 싸워 나가는 과정이 그의 소설의 주선율을 이루고 있는 것이다. (중략) 이 작가는 60년대에서 70년대 말까지 우리 사회에 드리워져 있던 각종 시대적 금기를 시의적절하게

One of the major characteristics of Shin Sang-ung's works is narrative cohesiveness. His protagonists clash with the world around them. He pushes this conflict to the limit and so achieves an intensity of plot. Subjected to the brutalities and inhumanity of the world, they struggle desperately to overcome adversity, only to be thwarted. Most of Shin's stories portray how individual characters are fighting an uphill battle against adversity. (omission) Shin successfully references a variety of taboos in the 1960s and 70s to address the problems of those days in a literary framework. It should be noted that his works were not only sterling proof of his con-

문학이란 틀 속에 끌어들여 가공 처리하는 데 성공한 작가라고 할 수 있다. 이는 척박한 시대에 한 작가의 양심과 개성이 빚어낸 눈부신 성과일 뿐만 아니라 80~90년대 진보적 민족 문학의 전면적 개화를 예비하는 뜻 깊은 선행 작업이라는 점에서도 오래 기억되지 않으면 안 될 것이다.

남진우

신상웅 소설의 전개 과정은 대체로 70년대 중반을 분수령으로 하여 두 시기로 구분해 볼 수 있다. 그의 초기 소설은 주체적인 실존에 억압적인 현실에 대한 냉정한 형상화로부터 시작하여 점차 환멸의 현실을 역사적인 연원 속에서 파악하는 데로 나아간다. 이 글에서 살펴본 군대 소재 소설을 비롯하여 「성유다병원」(1971)이나 「변씨의 죽음」(1971), 「어느 재회」(1972) 등이 그러한 작품들이며, 『심야의 정담』(1973)은 초기의 작가 의식을 결정화하고 있는 작품이다. 이들 소설에서 부분적으로 주제 의식이 과잉 의도로 말미암아 상황과 인물(성격)을 극단화하는 측면이 없는 것은 아니지만, 그의 소설은 삶의 구체적 현장을 당대 현실의 전체상 속에서 조망해 내는 데 탁월한 바가 있다. 이를 바탕으로 그의 소설은 70년대 중반 이후 급속하게 진전

science and humanity during that difficult period, but also the precursor to the flowering of progressive nationalistic literature in the 1980s and 90s.

Nam Jin-woo

Shin Sang-ung's writing career can be divided into before and after the mid-1970s. His early works try to capture an oppressive reality that opposes the existential self and to explore the origins of disillusionment. Such works as "St. Jude Hospital" (1971), "The Death of Mr. Byeon" (1971), and "Reunion" (1972) reflect these themes. *Midnight Talk* (1973) crystallizes the consciousness of the writer early in his career. Shin's abundance of consciousness sometimes pushes situations and characterizations to extremes, but he is excellent at portraying the concrete realities of existence within the big picture of life in those days. From the mid-1970s, Shin tried to capture the harsh reality of rapid capitalistic modernization. "The Lost Child of Dark Days" (1974), "Efflorescence" (1974), "The Rotation of the City" (1978), and the series known as "Roadside Drinking Stall" (1977~1978) portray, in a critical and detailed manner infused with affection and compassion, the wretched and hopeless reality of individuals in the

된 자본주의적 근대화의 현장에 대한 핍진한 형상화로 나아간다. 「이 어두운 날의 미아」(1974)나 「풍화」(1974), 「도시의 자전」(1978) 그리고 '포장마차' 연작(1977~1978) 등은 산업화의 그늘 속을 가는 개인들의 남루하고 절망적인 상황을 때로는 예의 냉혹하고 세부적인 관찰로, 때로는 따뜻한 시선과 공감 어린 서정성으로 표출하면서 현실의 전체상을 환기시키는 문제의식을 잃지 않는다.

김민수

「돌아온 우리의 친구」는 70년대에 일대 붐을 일으켰던 해외 취업자들의 꿈이 얼마나 화려하고도 허망한 것이었던가를 재치 있게 파헤치고 있다. 페인트공으로 중동엘 갔던 친구는 거부가 되겠다는 꿈 대신 한 상자의 잿더미로 변하여 공항에 내린다. 여기서 작가는 노사 관계 문제와 황금만을 좇는 사회 풍조의 비판을 동시에 이룩하고 있다. 마치 금광을 찾아 캘리포니아로 몰려가던 신대륙의 개척 시대처럼 황금 추구욕이 팽배해 있는 현대사회의 허망함을 사회 비판과 인생 비판이란 두 가지 측면에서 성공적으로 달성시킨 것이 「돌아온 우리의 친구」이다.

임헌영

shadow of industrialization He never loses sight of the need for problematization in order to call attention to the hard truths of reality.

Kim Min-soo

"Our Friend's Homecoming" keenly explores the grandiose and futile dreams of Koreans who were part of the migrant labor boom that peaked in the 1970s. A friend who went to the Middle East as a painter returns in an urn instead of coming back as a rich man. In the story, the writer denounces labor-management relations and the social climate of seeking monetary gain. In criticizing both society and human life, he successfully demonstrates the futility of modern society's obsession with money, which can be likened to the California Gold Rush.

Yim Hun-young

신상웅

1970년대를 대표하는 '냉철한 리얼리스트' 신상웅은 1938년 일본 교토에서 출생했다. 그곳에서 국민학교를 다니다가 1945년 제2차 세계대전이 끝나자 이듬해에 가족과 함께 아버지의 고향인 경북 의성에 돌아왔다. 해방 이전에 태어나 이국에서 해방을 맞고 귀국하여 겪은 해방 직후의 사회 혼란과 한국전쟁은 그의 작품의 중요한 원천이 된다. 의성 시골에서 국민학교를 마친 후에는 대구상업고등학교를 졸업했다. 중고등학생 시절부터 문예 방면에 재능을 드러냈으며, 중앙대학교 영어영문학과에 진학한 후에도 대학 신문 편집에 참여하면서 문학 습작기를 가졌다. 1968년 문예지 《세대》 제3회 신인문학상에 중편 「히포크라테스 흉상」으로 당선했다. 문단의 비상한 관심을 모았던 이 작품은 갑작스런 복통으로 군대의 여러 의무기관을 거치며 죽음에 이르게 되는 한 군인의 비극을 다루고 있는데, 이 작품에서 작가가 겨냥하고 있는 것은 한 군의관의 실수가 아니라 군이라는 조직과 한국전쟁의

Shin Sang-ung

Shin Sang-ung, known as the writer of "cold realism" representative of the 1970's, was born in Kyoto, Japan in 1938. He returned to Ŭisŏng, Kyŏngsangbuk-do, his father's hometown, in 1946, after the 1945 conclusion of the World War II. His experience of first hearing the news of liberation of his country in Japan and returning to Korea to find the social confusion and later of the Korean War provided him with materials for his writing. After graduating from an elementary school in the remote Ŭisŏng village, he entered the Taegu Commercial High School. He began showing his talent in writing during his middle and high school years, and participated in the editorial board of the school newspaper during his years at Chung-ang University, where he majored in English literature. He made his literary debut in 1968, as he won the third *Sedae* New Writer Award with his novella *Hippocrates' Bust*. This novella that attracted unusual attention from the critical circle deals with the tragedy of a soldier,

상혼이라는 총체적 현실이다. 이와 같은 문제의식에서 출발, 신상웅은 이후 민족의식과 역사의식을 작품화하는 데 주력한다. 1968년 펜클럽 한국 본부에 근무하게 되어 사무국 차장, 사무국장을 역임하며 십 년간 근무했다. 그동안 1972년 2월에는 방글라데시 독립 전쟁을 취재하기 위해 인도로 가서 방글라데시, 인도, 태국, 싱가포르, 베트남, 홍콩, 일본을 거치며 이 개월간 여행을 했다. 또 1976년 8월에는 영국 런던에서 열린 펜클럽 국제 대회에 참석하고, 이어서 네덜란드, 프랑스, 스위스, 이탈리아, 오스트리아, 서독, 미국, 일본을 거치며 이 개월간 세계 일주를 했다. 신상웅은 60년대 말부터 70년대까지 예리하고 냉정한 문체로 충격적인 문제의식을 지닌 많은 수작을 발표하였으며 동시에 재일교포 이회성을 다룬 평론이나, 르포 「광주대단지」 등을 발표하기도 하면서 현실 참여적인 글쓰기를 지속한다. 한국전쟁부터 베트남전쟁에 이르기까지 군대를 배경으로 세 명의 청년이 겪는 혼란과 고뇌를 그린 장편 『심야의 정담』으로 1973년에 제6회 한국창작문학상을 수상했으며, 당시로서는 금기시된 소재였던 군대 문제를 소설의 직접적인 배경으로 삼았다는 이유로 수차례 당국으로 끌려가기도 하는 수모를 겪기도 했다. 1982년부터

who ended up dying from sudden abdominal pain after being transferred through many military medical facilities. This novella's critical target is not the mistake by a military doctor but the military organization and the social reality in Korea after the traumatic years of the Korean War. Since then, Shin focused on the problems of nation and history in his works. He worked as the deputy head and, later, the head of the Pen Korean Bureau for ten years. In 1972, he traveled to Bangladesh, India, Thailand, Singapore, Vietnam, Hong Kong, and Japan for two months, during which he worked on a report on the Bangladesh Independence War. Shin also attended the Pen international conference in London in August, 1976, after which he did a tour around the world via the Netherlands, France, Switzerland, Italia, Austria, West Germany, the US, and Japan. Shin published many masterful stories that described shocking social reality with sharp and composed style throughout the 1960's and '70's, while at the same time publishing a criticism on Yi Hoi-song, the Korean-Japanese writer or a reportage on the Kwangju Grand Complex Incident. He won the sixth Korean Literature Award in 1973 for his novel *A Midnight Tripartite Talk*, in which he

중앙대학교 문예창작학과 교수로 재임하면서 후학들을

가르치고 있다.

described three young men's confusion and agony against the backdrop of their military experiences from the Korean War to the Vietnam War. As Shin did not hesitate to directly tackle issues related to the military, a taboo subject at that time, he was detained many times. He has been teaching creative writing at his alma mater Chung-ang University since 1982.

번역 **손석주** Translated by Sohn Suk-joo

《코리아타임스》《연합뉴스》 기자로 일했다. 제34회 한국현대문학번역상, 제4회 한국문학번역신인상을 받았고, 2007년 대산문화재단 한국문학번역지원금을 수혜했다. 인도 자와할랄네루대학교에서 영문학 석사 학위를 받았으며, 현재 호주 시드니 대학교에서 탈식민지 영문학의 섹슈얼리티를 주제로 박사 논문을 쓰고 있다. 로힌턴 미스트리의 장편소설 『적절한 균형』(아시아, 2009)을 번역했으며, 김인숙의 소설집 『그 여자의 자서전』을 영역했다.

Sohn Suk-joo is a former journalist for *The Korea Times* and *Yonhap News Agency*, is a Ph.D. student at The University of Sydney, Australia. He won a Korean Modern Literature Translation Award sponsored by *the Korea Times* in 2003. In 2005, he won the 4th Korean Literature Translation Award for New Translators sponsored by the state-run Korea Literature Translation Institute. He won a grant for the translation of a short story collection by Kim In-sook from the Daesan Cultural Foundation in 2007.

번역 **캐서린 로즈 토레스** Translated by Catherine Rose Torres

외교관이자 작가이다. 2010년 단편소설 「카페 마살라」, 2004년 공상소설 「틈새」로 필리핀 카를로스 팔랑카 기념 문학상을 수상했다. 2002년 대한민국 해외홍보원 주최 다이내믹 코리아 에세이 콘테스트에서 「변화무쌍한 만화경」으로 대상을 수상했다. 현재 싱가포르 주재 필리핀 대사관에서 영사로 근무 중이다.

Catherine Rose Torres is a Filipino diplomat, currently vice consul at the Philippine Embassy in Singapore. In 2010, her story "Café Masala" received a Carlos Palanca Memorial Award for Literature in the English short story category. Her story "Niche" received a Carlos Palanca Memorial Award for Literature in the English futuristic fiction category in 2004. She has also won several awards for her essays, including the grand prize for her work "Kaleidoscope Turning" in the Dynamic Korea Essay Contest sponsored by the Korea Information Service in 2002.

감수 K. E. 더핀 Edited by K. E. Duffin

시인, 화가, 판화가. 하버드 인문대학원 글쓰기 지도 강사를 역임하고, 현재 프리랜서 에디터, 글쓰기 컨설턴트로 활동하고 있다.

K. E. Duffin is a poet, painter and printmaker. She is currently working as a freelance editor and writing consultant as well. She was a writing tutor for the Graduate School of Arts and Sciences, Harvard University.

감수 **전승희** Edited by Jeon Seung-hee

번역문학가, 문학평론가. 하버드대학교 한국학연구소 연구원으로 재직 중이며 바흐친의 『장편소설과 민중언어』, 제인 오스틴의 『오만과 편견』 등을 공역했다.

Jeon Seung-hee is a literary critic and translator. She is currently a fellow at the Korea Institute, Harvard University. Her translations include Mikhail Bakhtin's *Novel and the People's Culture* and Jane Austen's *Pride and Prejudice.*

바이링궐 에디션 한국 현대 소설 009
돌아온 우리의 친구

2012년 7월 25일 초판 1쇄 발행
2023년 8월 14일 초판 2쇄 발행

지은이 신상웅 | **옮긴이** 손석주, 캐서린 로즈 토레스 | **펴낸이** 김재범
감수 K. E. Duffin, Jeon Seung-hee | **기획** 전성태, 정은경, 이경재
편집 정수인, 임홍열, 박신영, 김선경 | **디자인** 이춘희

펴낸곳 아시아 | **출판등록** 2006년 1월 31일 제319-2006-4호
주소 경기도 파주시 회동길 445(서울 사무소: 서울특별시 동작구 서달로 161-1, 3층)
전화 02.3280.5058 | **팩스** 070.7611.2505 | **홈페이지** www.bookasia.org
ISBN 978-89-94006-20-8 (set) | 978-89-94006-30-7 (04810)
값은 뒤표지에 있습니다.

Bi-lingual Edition Modern Korean Literature 009
Our Friend's Homecoming

Written by Shin Sang-ung
Translated by Sohn Suk-joo and Catherine Rose Torres
Published by Asia Publishers
Address 445, Hoedong-gil, Paju-si, Gyeonggi-do, Korea
(Seoul Office:161-1, Seodal-ro, Dongjak-gu, Seoul, Korea)
Homepage Address www.bookasia.org | **Tel**. (822).3280.5058 | **Fax**. 070.7611.2505
First published in Korea by Asia Publishers 2012
ISBN 978-89-94006-20-8 (set) | 978-89-94006-30-7 (04810)